Histoires de VÉHICULES

FLEURUS

Tchou-Tchou, la petite locomotive

Tchou-Tchou, la petite locomotive, et son ami Chapelon, le vieux wagon, habitent dans un hangar abandonné derrière la gare. Il n'a même pas de toit pour les protéger.

Brrrrr, Tchou-Tchou et Chapelon grelottent sous la neige ;
pffffff, Tchou-Tchou et Chapelon transpirent sous le soleil ;
ploc, ploc, ploc, Tchou-Tchou et Chapelon rouillent sous la pluie !

Tous les matins, ils entendent un sifflement.

Il se rapproche, de plus en plus fort. Attention, il arrive.

Tout tremble sur son passage. C'est le TGV.

Tchou-Tchou saute sur ses rails et sa cheminée vibre.

Les roues de Chapelon s'entrechoquent... Puis, plus rien.

Le TGV est passé.

« Il est si rapide, dit la petite locomotive, bien plus rapide que moi. Moi, je suis trop vieille. Plus personne ne veut me conduire ! »

Et une grosse larme coule sur sa joue. Pauvre Tchou-Tchou !

Pour consoler la petite locomotive, Chapelon le wagon a une idée.

« Tchou-Tchou, écoute-moi. Et si on partait d'ici ?
Faire un voyage ? Je m'accroche à toi et **zOu!**
Allons-nous en loin de ce hangar. »

Tchou-Tchou hésite. Elle réfléchit. Après tout, pourquoi pas !

Il lui reste même un peu de charbon. La petite locomotive siffle de joie.

Sa chaudière ronronne, sa cheminée fume.

« Youpi ! Boucle tes ceintures, Chapelon, on y va »,

crie Tchou-Tchou en fonçant vers la porte du hangar qui,

boum, vole en éclats. Les deux amis se lancent sur les rails

et commencent une promenade dans la campagne.

Une famille de souris, une marmotte, une vache pressée s'installent

tour à tour dans le wagon et écoutent les vieilles histoires de Chapelon.

Tout à coup, ils voient un long serpent en fer arrêté sur la voie.

« C'est le TGV, crie Tchou-Tchou.
Que lui arrive-t-il ? »

Timide, Tchou-Tchou passe le long du grand train.
Soudain, le TGV lui demande :

« Bonjour, petite locomotive, je suis en panne.
Peux-tu m'aider ? Emmène mes passagers
et dépose-les à la gare, s'il te plaît. »

Tchou-Tchou rougit de bonheur. Chapelon a déjà ouvert ses portes.
Les gens montent et s'assoient. Sur le chemin de la gare,
Tchou-Tchou entend les conversations des passagers.

« Comme cette locomotive est belle ! Elle me rappelle ma jeunesse.

– Et ce vieux wagon ! Que ses sièges en cuir sont beaux !

– On est si bien dedans !

– On avance doucement et on a même le temps de profiter du paysage. »

Tchou-tchou !

Attention, la petite locomotive souffle

et une belle fumée blanche sort de la cheminée.

En entrant dans la gare, Tchou-Tchou se sent soudain très fatiguée : elle ralentit et s'arrête, épuisée.

Chapelon s'inquiète :

« Tchou-Tchou ? Qu'est-ce que tu as ? »

Mais Tchou-Tchou ne répond pas.

Elle sait qu'elle n'a plus de charbon.

Elle pense : c'est fini, jamais plus elle ne roulera sur les rails.

Elle ferme les yeux...

Mais, mais, que se passe-t-il ?

Tchou-Tchou se sent regonflée, prête à bondir, à s'envoler.

On a remis du charbon dans sa chaudière.

Maintenant, elle déborde d'énergie !

Le directeur de la gare s'approche :
« Chère Tchou-Tchou, vous avez aidé notre TGV.
Pour vous remercier, je vous nomme, vous et Chapelon,
guides touristiques de notre ville.
Vous emmenerez les voyageurs en promenade. »

C'est sûr, Tchou-Tchou est
la plus heureuse des locomotives !

Peeli, la vieille pelleteuse

Comme tous les matins, Peeli la pelleteuse se rend au chantier. En passant devant une boutique, elle se regarde dans la vitrine…

Malheur !

Elle aperçoit une nouvelle tache de rouille sur sa carrosserie jaune !

« Je vais finir par ressembler à un léopard !

Pourvu que le chef des travaux ne remarque rien ! »

Mais sur le chantier, alors qu'elle rebouche un trou avec de la terre, son bras se bloque !
Impossible de monter ou de descendre la benne !
« Elle tombe souvent en panne, on va prendre du retard dans les travaux ! se plaint un ouvrier.
– Tu as raison, dit le chef, remplaçons-la par une pelleteuse toute neuve.

Regarde-moi ces taches de rouille,
on dirait un léopard ! »

Peeli rentre tristement chez elle. Elle s'apprête à s'enfermer dans son garage, quand elle aperçoit Arthur, son voisin d'en face, assis sur les marches du perron. Il a l'air triste lui aussi.
« Eh bien, Arthur, lui dit-elle en s'approchant, qu'est-ce qui ne va pas ?
– J'ai enterré mon jouet préféré dans le jardin, mais je ne sais plus où !
– Allons, je vais t'aider à chercher.
Tu vas voir, on va le retrouver ! »

Dans le jardin, Peeli se met à creuser ici et là. Quelquefois son bras se bloque et Arthur l'aide à le remettre en marche. Bientôt, le jardin ressemble à un champ infesté de taupes : il y a des trous partout ! Mais ils n'ont rien trouvé. Peeli est déçue : elle a construit des autoroutes, des ponts, des barrages, et là, elle ne peut rien faire pour son ami Arthur.

Soudain, la benne de Peeli heurte quelque chose. Excités, les deux amis s'empressent de déterrer l'objet.

« Un vieux coffre en fer, observe Arthur, désappointé,

ce n'est pas mon jouet... »

Peeli ouvre le coffre et klaxonne de joie : au fond brille une énorme pièce d'or !
« Tu n'as qu'à la garder », dit l'enfant en s'éloignant.
Ravie, Peeli court s'acheter une carrosserie toute neuve !
Avant de retourner au chantier, elle s'arrête chez Arthur :
« De quoi ai-je l'air ? lui demande-t-elle, toute fière.
– D'une pelleteuse heureuse », répond le petit garçon.
Peeli le regarde tristement : comment peut-elle être heureuse

si Arthur est malheureux !

« Viens chez moi, lui dit-elle. Depuis le temps que je creuse, j'ai récupéré des tas d'objets rigolos, il y en a bien un qui te plaira ! »
En pénétrant dans le garage de Peeli, le garçon est ébahi : au-dessus de sa tête, il y a des dizaines d'étagères remplies de babioles et de bizarreries ! Avec sa benne, Peeli promène Arthur d'un objet à l'autre… Un bilboquet multicolore, une boîte à musique…

« Mon léopard !

s'écrie soudain le garçon en saisissant un animal en peluche.

Mais où l'as-tu trouvé ?

– Juste à côté d'ici, dans le terrain vague !
– Mais oui, c'est vrai ! C'est là que je l'avais enterré ! Je voulais lui faire une tanière, comme dans la savane ! »

Arthur serre la peluche contre lui, puis regarde Peeli :
« Tu sais, moi, je t'aimais bien avec tes taches de rouille, tu ressemblais à mon léopard ! »
En moins de deux, Peeli la pelleteuse retrouve son ancienne carrosserie ! Elle ne peut plus travailler sur le chantier, mais elle est ravie de faire plaisir à son ami Arthur :
lui au moins,

il l'aime comme elle est !

Totor, le petit tracteur crotté

Totor est un petit tracteur rouge plein d'énergie.

Toute la journée, il roule dans les prés, il laboure la terre, il tire des charrettes. Mais ce qu'il préfère, c'est patauger le soir dans la grande flaque de boue de la ferme !

Quand il a fini sa journée, Totor arrive en fonçant devant le hangar.

Splash !

Il glisse dans la flaque, exécute un beau dérapage et envoie des éclaboussures partout.
Simone, la grosse moissonneuse-batteuse jaune, et Roger, le tracteur vert, rouspètent :
« Totor, tu es dégoûtant. Va te garer plus loin ! »
Le petit tracteur est déçu, personne ne veut jouer avec lui ! Il s'endort, triste et fatigué.

C'est le mois d'août et il y a beaucoup de travail à la ferme. Totor et ses amis se sont levés tôt ce matin. La pluie va arriver ce soir : il faut tout ramasser, sinon les récoltes seront gâchées. Totor roule vers le verger, une charrette pleine de cagettes : il doit aider à la cueillette des abricots. Il est heureux : ce soir, il pleut.

Sa flaque sera encore plus belle !

Le petit tracteur s'installe à l'ombre des abricotiers et commence sa récolte.

« Pouët !
Pouët ! »

Le klaxon de Simone retentit au loin. Aussitôt, Totor fonce vers son amie.
Tout au bout du champ de blé, la moissonneuse-batteuse est bien ennuyée : son moteur a des ratés, elle ne peut plus avancer.
« Il faut pourtant que je moissonne, pleurniche Simone, ou bien le blé va se gâter.
– Pas de panique ! s'exclame Totor. Je vais t'aider à repartir.

– Ho, Hisse ! »

Totor pousse de toutes ses forces son énorme amie…
Il a chaud, la paille lui pique les phares et il a envie d'éternuer.
« Atchoum ! » En toussant, Totor pousse encore plus fort,
et le moteur de Simone redémarre.
« Merci, dit Simone, tu as sauvé ma récolte ! »
Totor sourit et repart vers la ferme, sa charrette pleine de bottes
de paille.

C'est l'heure du déjeuner. Totor a déjà conduit trois charrettes pleines d'abricots.

« Tût ! Tût ! »

Le Klaxon de Roger appelle à tue-tête. Aussitôt, Totor fonce vers son ami.
Dans la vigne, Roger s'est embourbé : sa cuve pleine de raisins l'empêche de se dégager.
« Il faut pourtant que je vendange, ronchonne Roger, sinon le raisin va pourrir.
– Pas de panique ! s'exclame Totor. Je vais t'aider à repartir.
– Ho, Hisse ! » Totor détache la cuve et la fixe sur son attelage. Il a chaud, du jus de raisin coule sur son capot et une abeille lui tourne autour !

« Clac ! » En chassant l'insecte, Totor hisse la cuve derrière lui et Roger se dégage enfin.

« Merci, dit Roger, tu as sauvé ma récolte ! »

Totor sourit et repart vers la ferme, sa remorque écrasée par la cuve pleine de raisin.

La nuit tombe tard pendant l'été. Totor transporte encore beaucoup d'abricots, jusqu'à ce qu'une petite goutte tombe sur sa cabine. Chouette, c'est l'heure de rentrer !
En arrivant devant le hangar,

splash !

Totor glisse dans la flaque, exécute un beau dérapage et envoie des éclaboussures partout…

Roger et Simone applaudissent : « Totor, pour te remercier, nous avons décidé de ne plus nous fâcher et de t'offrir ce cadeau !

– Oh, une lance à eau !

Je pourrai arroser ma flaque de boue quand elle sera sèche ! » s'exclame le petit tracteur, ravi.

Et pour les remercier, Totor envoie sur eux son premier jet !
Ce soir, la pluie tombe sur la ferme, la récolte est à l'abri :
Totor, Simone et Roger dansent dans la boue.

Et quand ils iront se coucher,
ils seront tout... crottés !

Tchou-Tchou la petite locomotive,
histoire de Raphaële Glaux, illustrée par Marie Quentrec

Peeli, la vieille pelleteuse,
histoire de Séverine Onfroy, illustrée par Dorothée Jost.

Totor le petit tracteur crotté,
histoire de Florence Vandermalière, illustrée par Alexandre Roane

FLEURUS

Illustration de couverture : Fred Multier
Direction : Guillaume Arnaud
Direction éditoriale : Sarah Malherbe

Édition : Virginie Gérard-Gaucher
Direction artistique : Élisabeth Hebert
Conception graphique : Amélie Hosteing
Mise en pages : Timm Borg

Fabrication : Thierry Dubus, Aurélie Lacombe

Site : www.fleuruseditions.com
ISBN : 978-2-2151-1881-7
MDS : 651 658
N° d'édition : 12013-01

« Loi n° 49-956 du 16 juillet 1949 sur les publications destinées à la jeunesse. »

Achevé d'imprimer en décembre 2011 par Dedalo Offset, Espagne
Dépôt légal : janvier 2012